GRANDE ET VÉRITABLE

COMPLAINTE

SUR LA LA MALADIB ET LA MORT

DE LA LOI

DE

JUSTICE ET D'AMOUR,

Autrement dite Loi sur la police de la presse,

Décédée de faiblesse , en l'hôtel du
Luxembourg, le 17 mai 1827 ;

PAR UN CHIFFONNIER TROUBADOUR,
de la place Maubert.

DE PROFUNDIS.

Paris,

CHEZ TOUS LES LIBRAIRES
du Palais-Royal.

1827.

IMPRIMERIE DE SÈTIER,
Cour des Fontaines, n° 7, à Paris.

AVIS DU TROUBADOUR

A SES LECTEURS.

On a répandu dans le public beaucoup de complaintes qui ne valent rien, parce qu'elles ne sont pas de moi... Celle-ci est la seule qui soit bonne et amusante, et la raison en est bien simple ; c'est qu'elle est de moi. En conséquence ce *n'est* pas les autres que vous devez acheter, c'est celle-ci, et plutôt deux exemplaires qu'un, attendu que les amis vous les empruntent, et ne vous les rendent pas.

AVANT-PROPOS.

Le métier de chiffonnier n'est pas incohérent avec la littérature et les arts; et voilà pourquoi je me sers tour à tour, et l'un après l'autre, du petit croc et de la plume.

J'étais revenu avant z'hier du Pou-Volant, au village d'Austerlitz, qu'on appelle maintenant les Deux-Moulins, où qu'on vend du vin à 5 sous, avec Jacques le farceur, mon voisin du carré, quand nous avons été bien surpris en même temps qu'étonnés de voir qu'il y avait jusque dans le faubourg St-Marceau une quantité conséquente de fenêtres illuminées.

Sur ce coup de temps, je demande à Jacques s'il sait pourquoi et en l'honneur de quel saint on nous fait voir 36 chandelles.

Y m'répond qu'y n'en sait rien; mais un autre Monsieur, qui avait entendu la question obtéremptoire que je venais de faire, me dit comme ça tout bêtement et tout simplement : Que le Roi Charles **X** (que Dieu le bénisse)

avait envoyé un petit mot d'écrit
à la Chambre des Pairs, afin de
redemander cette diable de loi
de justice et d'amour, qui m'avait
fait faire tant de mauvais sang
depuis queques mois.

Sur ce coup de temps, je me
mets à courir comme un dératé.
J'arrive à mon septième étage de
la place Maubert, et je plante à
ma lucarne trois chandelles des 8
coupées en 4, et voilà que je
vous fais une illumination, que
je suis bien sûr que l'on aurait vue
de Mont-Rouge, si ça n'avait pas
été le léger inconvénient de ce
dôme du Panthéon, qui se trouve
justement sur la ligne droite qui

mène du quartier-général des jé-
suites au quartier - général des
marchandes de poissons de la
place Maubert, et qui m'a diable-
ment gêné.

Cependant, tandis que mes lampions brûlaient, moi je ruminais,
et comme j'ai toujours passé pour
un cadet rudement fort sur le
calcul des intérêts, des moyens de
gagner de l'argent,... pardieu !
que je me dis comme ça tout na-
turellement : Je me rappelle que,
l'année dernière, mon cousin
Cadet Roussel, qui n'a pas déjà si
tant d'esprit, fit une complainte
sur le droit d'aînesse qui fit fiè-
rement du train dans la capitale

sans oublier tous les départemens
de la province. Or, puisque ce
Cadet Roussel qu'était une bête,
a gagné gros comme lui des écus
avec ses œuvres qui n'étaient pas
déjà si superbes, je ne vois pas
pourquoi moi qui ai fait presque
mes études dans le temps que je
décrottais les professeurs du lycée
qui s'appelait impérial autrefois,
je ne vois pas pourquoi moi je
n'essaierais pas de faire aussi une
fameuse complainte.

Et là-dessus j'emprunte au sa-
vetier qui loge sur mon carré 42
pages du dictionnaire des rimes,
avec lequel il s'amuse à faire une
chanson guerrière tous les huit

jours. Et me v'la dans le feu de la composition.

Je ne vous dis rien de mon travail, vous allez le voir tout à l'heure, et je veux vous laisser le plaisir des agréments de la surprise; mais je dois, avant de passer à mon poëme, vous couler dans le tuyau de l'oreille quelques mots relatifs à la circonstance, qui puissent vous dire un peu quelle est ma façon de penser.

Je suis chiffonnier, c'est vrai; mais un chiffonnier, quand il n'a pas un verre de vin de trop, est tout de même un homme; il a des sentiments politiques, et par conséquent j'en ai tout comme un autre...

J'aime le Roi, parce que c'est un bon enfant... et que les bon enfans sont toujours des amis...

J'aime la charte, parce qu'elle dit comme ça que tous les hommes sont égaux ; ce qui prouve bien qu'un chiffonnier, qu'a de l'honneur, de la probité, et qui ne doit qu'au boulanger et au marchand de vin, vaut bien un monsieur du grand monde, qui fait des traitrises à tout venant, et ne paie pas son décrotteur.

J'aime la liberté de la presse, d'abord parce que ça m'amuse de voir les journaux relever les

bêtises des ministres, et je dis
que de ce côté-là y n'manquent
pas d'ouvrage; ensuite, parce que
tout le monde fait imprimer ses
œuvres, et que nous avons tant
d'auteurs maintenant dans Paris,
que ça remplit joliment la hotte
du chiffonnier, et que ça fait aller
rudement le commerce...

Or donc, aimant la liberté, ça
me fesait enrager de voir cette sa-
tanée loi de justice et d'amour;
mais, par la grâce de Dieu,
la voilà *ad patres;* nous allons
rire, et c'est justement pourquoi
je vous offre le plus bel ouvrage
d'imagination qui le premier soit
sorti de ma tête, et si vous êtes

contens, vous me ferez le plaisir d'en faire part à vos amis et con-naissances.

Et allez donc...

LA GRANDE ET VÉRITABLE

COMPLAINTE

SUR LA MORT

DE LA LOI.

DE

JUSTICE ET D'AMOUR.

N. B. L'air qui est notée à la suite a
été faite specialement pour la mesure
de ces vers-là , ainsi ça n'est pas bien
difficile a chanter.

L'an huit cent vingt-sept et mille,
Le jour de l'an advenu,
Un particulier connu (1)
Dedans Paris la grand' ville,

Vint, en guise de bonbons,
Nous proposer des baillons (2).

(1) Un particulier très-connu..... Le
lecteur sera bien malin, s'il peut deviner
d'après une dénomination aussi vague.

(2) Les bons gendarmes qui se plai-
gnaient des petits morceaux de bois qui
n'étaient pas sucrèses du tout, qu'au-
raient-ils dit si on leur eût donné de la
féraille à sucer ?

Il dépose sur la table
Où se tient le Président (3),
Quarante pages et tant,
D'une écriture admirable,
Dans laquelle il dit, dit-y, (4)
Qu'on est trop libre à Paris.

(3) Les ceux qui ont été voir les séan-

ces publiques de la Chambre des Députés, ou tout le monde entre, savent
très-bien que les ministres lisent les
projets du haut de la tribune, et ne les
mettent pas sur le bureau; c'est seulement une image.

(4) Dit-y et Paris ne riment pas richement; mais *il dit*, *dit-y* est une expression si gracieuse et si poétique, que ce
serait réellement dommage d'y toucher.

De depuis mon droit d'aînesse
Que vous avez rejeté (5);
Je m'avais laissé aller
Aux douceurs de la paresse (6) :
Mais voici qui sera pour
Loi de justice et d'amour.

(5) Voyez pour le droit d'aînesse les

œuvres complètes de Cadet Roussel; un fort vol. in-32 de 31 pages.

(6) Tout le monde connaît la suavité de langage de M. P., son aménité, ses formes élégantes et insinuatives... C'est donc une sorte d'harmonie imitative que ce vers charmant: *Je m'avais laissé aller.* Il semble voir le laisser-aller du personnage. C'est du Virgile tout pur. Quelques esprits mécontens ont prétendu qu'il y avait un hiatus... mais quest ce que cela fait, pourvu que le vers soit bon, et qu'il n'y ait pas de faute. *(Note de l'éditeur.)*

Les imprimeurs, c'est des hommes
Qui devient séditieux,
Tandis qu'il vaudrait bien mieux
Dans le quart-d'heure où nous sommes

Pour vivre libre et heureux,
Ne lire que des Croix-Dieux.

Les journaux sont malhonnêtes,
Ils bavardent contre nous (7)
Pour nous donner le dessous,
Ils montent toutes les têtes ;
Mais avant peu, je le crois,
Ils auront dessus les doigts.

(7) Quand je dis les journaux, je m'ai
trompé.... C'est pas tous ; car il y a le
Journal de Paris, l'Etoile, etc., qui est
joliment de mèche avec le ministère,
pour nous faire tant seulement un bout
de queue.

A ce discours qui fait peine,
Tout le monde est bien fâché,

Mais loin d'en être touché,
Sa grandeur, que rien ne gêne,
Dit vainement vous crirez;
Oui, vous serez tous timbrés (8).

(8) M. Josse qui était joaillier en or-
fevrerie, voulait toujours vendre des bi-
joux ou des couverts, et M. de P., veut
tòut timbrer... Vous êtes un peu orfe-
vre, M. de P..., je suis fâché de vous le
dire.

Fille qui son héritage,
Par la mort voudra toucher,
Devra le chaland chercher;
Quant à sa part de partage,

Et si nul n'en a le goût,
Elle n'aura rien du tout (9).

(9) Relisez ce couplet, cher lecteur,
et voyez s'il est possible d'être plus
exact, plus vrai, plus positif, et surtout
plus poétique.

Comme le petit volume,
Quand il ne coûte pas cher,
Fait un vacarme d'enfer
Dans la tête qui s'allume (10),
De suite on le timbrera,
Et ça le renchérira. (11)

(10) Qui s'allume est mis ici pour qui
s'échauffe, ça se conçoit facilement.

(11) Je sais bien que quand même la
fameuse complainte serait rencherie,

ça n'empêcherait pas de l'acheter; ce
sont de ces choses indispensables dont
on ne peut se passer; mais il n'en est
pas moins vrai qu'il y a des petits vo-
lumes qui ne se vendent jamais, et à
qui ça ferait joliment du tort.

La commission propose
Des petits amendemens
Qui changent un peu le sens
De la détestable chose,
Et font du projet taquin
Un pantalon d'arlequin...(12)

(12) Ça, c'est si vrai que M. de... ne
reconnaissait plus son enfant, et sans la
complaisance de M. D., qui voulut bien
lui servir de parrain, on en aurait fait un
vrai bâtard sans parens légitimes!

Quand un Député demande
Si, sous les mêmes liens,
Les auteurs, les galériens,
Seront encor mis en bande,
Il répond : Ça m'est égal,
C'est dans le code pénal (13).

(13) Les hommes sensibles s'imagi-
nent bonnement que l'on peut éluder la
Loi.... Y sont dans l'erreur ; qu'ils ou-
vrent le code, et y z'y verront claire-
ment et justement que Martainville doit
être mis en prison à Tivoli, et Magalon
plongé dans les cachots de Poissy avec
les forçats galeux.

Puis un autre qui se nomme
En commençant par un D. (14),

Tout comme un vrai possédé,
Se démène il faut voir comme,
Pour prouver que le projet
Pour notre bonheur est fait.

(14) Ce projet de loi a été accueilli avec tant d'empressement par un si grand nombre de députés, que nous n'avons jamais pu savoir quel était celui dont le nom commence par un D.

(Note de l'éditeur.)

Mais voilà qu'on lui riposte,
Ç'est comme si vous chantiez,
Nous savons que vous voulez
Nous mener un train de poste;
C'est nos écus qui vous plaît,
Et c'est pas notre intérêt (15).

(15) Je sais bien que j'aurais mis plus

correctement *notre argent* ; mais comme
ç'aurait été plat... en comparaison de :
'c'est nos écus... Toutefois et quand un
auteur veut composer de laversification,
il faut qu'il soit poete avant tout, ou
sans cela bernique.

Mais les imprimeurs en masse
Ont fait la pétition (16),
Qui dit que la nation ,
D'être sans le sou se lasse ,
Et pour avoir de l'argent
Veut travailler longuement.

Un autre , qui des ministres
Le portefeuille a lorgné ,
Se montre bien indigné
De tous ces projets sinistres ;

Et partout il va crier :
Français , on vous fait aller (17).

(17) Quelle force , quelle energie d'expression : *Français on vous fait aller...*
C'est du Crebillon tout pur, cela vaut
une tragedie toute entière.

Chez les Pairs on la reporte
D'un petit air triomphant ;
Mais le peuple en bon enfant ,
Se disait de porte en porte :
Nos visirs , comme au passé ,
Vont avoir le nez cassé (19).

(19) On conçoit facilement que *ne
cassé*, est là en manière d'une façon d'al_

légorie ; mais il n'en est pas moins dans l'indubitablement, que les Ministres ont, ces jours-là , des nez d'une fameuse longueur.

Dans la chambre héréditaire
On nomma maint rapporteur ,
Le Français en belle humeur
Du choix que l'on vient de faire,
Dit : Nous sommes rassurés ,
Les ministres sont vexés. (20).

(20) *Vexés* et *rassurés* riment pauvrement, mais dans un ouvrage de cette conséquence , il est bien difficile de se maintenir toujours à la même hauteur.

Cependant jusqu'au Roi même,
Il arrive des cancans

Qui lui dit que ses enfants
Est dans la misère extrême ,
Et que des seigneurs vauriens
Les mènent comme des chiens.

A ces mots son cœur s'indigne.
Quoi , se dit-il, on osa ,
Ces fers que ma main brisa
Dans une journée insigne,
Les replacer sur vos fronts ,
Je vengerai vos affronts (21).

(21). Il est parfaitement sûr que le
souverain s'est exprimé d'une manière
plus noble ; mais l'auteur de ce petit
chef-d'œuvre prie ses lecteurs de l'ex-
cuser ; il n'est pas habitué au langage
des monarques, et il ne les a jamais en-
tendus que dans les journaux quotidiens,
qui paraissent tous les jours.

Il envoye une ordonnance ,
Droit à la Chambre des Pairs ;
Qui dit : Pour briser les fers
Qui fort pesaient sur la France ,
La Loi d'justice et d'amour (22)
Ad patres est en ce jour.

(22) J'ai été obligé de patoiser ce
vers, pour ne pas sacrifier la subli-
mité de la pensée.... Tout le monde sait
bien qu'il est des cas... où le génie peut
se révolutionner contre les règles reçues.

Puis alors, ivre de joie ,
On frappe comme des sourds ,
Casteroles et tambours (23),
Et puis partout on déploie,

Sur les rebords des maisons,
Les drapeaux et les lampions.

23) Comme y a des gens qui sont bê-
tes quand ils n'ont pas reçu l'éducation
primitive des élemens de la science ; y
en a pourtant qui ont voulu me soutenir
que *casterole* n'était pas français.

Quel fut le jour salutaire
Qui nous sauva du péril ?
Ce fut le 17 avril,
Du douze la niversaire ;
Car, de Pâques le jour saint,
La fit reculer plus loin. (24)

(24) Y eut d'aucuns mal instruits qui
ont voulu me soutenir que *niversaire*
était masculin... Mais je n'ai pas donné

là-dedans... Je sais trop bien que l'article *la* ne se place que devant un nom féminin... Ainsi, puisqu'on dit la *niversaire*, et non pas le *niversaire*... il est clair que.... parbleu!! il n'y a pas de doute à cela...

On trouve chez les mêmes Libraires :

La mort de ce malheureux Droit d'Aînesse, pot-pourri, par Émile Debraux, in-32. Prix : 25 cent.

Air de la fameuse Complainte, notée en notes de musique, avec une ritournelle sur le violon:

PAR UN AVEUGLE, AMI DE L'AUTEUR.

Lamentablement.

(violon.)

(violon),

(violon).

charivari.

———

www.ingramcontent.com/pod-product-compliance
Lightning Source LLC
Chambersburg PA
CBHW061615180626
46818CB00005B/2088